루 소

吳承雨/해설

서문당 · 컬러백과   서양의 미술 ㉙

吳 承 雨 약력

서양화가 국전 초대작가 국전 심사위원 역임,
5 · 16민족문화상 미술부문 수상, 유럽풍물화
집 출간, 통일전 벽화 제작.

● 차 례

사육제의 밤
UN SOIR DE CARNAVAL

　루소의 초기 작품 중의 하나이면서
1886년 앙데팡당 전에 첫 출품한 작품이다.
밤 하늘에 휘영청 달빛은 밝고, 검은 나무의
그림자는 사방을 감싸며 조용한 밤의
분위기가 흐른다.
　카니발에 나가면서 입던 무복(舞服)을
그대로 입은 채 두 젊은 연인은 손을 잡고,
깊은 연정을 나눈다.
　화면 전체가 검푸른 청색과 검은색으로
메워져 있으나, 달빛과 남자의 유니크한
흰 옷은 우리에게 청아(淸雅)한 감정을
준다.
　아마 이 여자는 젊은 나이로 세상을 떠난
루소의 첫애인인지도 모른다. 지나간
나날의 정겨웠던 회고록이 화면에서
스며나오는 듯하다.

　1886년경 캔버스 油彩 116×89cm
　필라델피아 미술관 소장

파리 근교의 제재소
SCIERIE AUX ENVIRONS DE PARIS

　루소가 제작한 그림 가운데 가장 많이 다루었던 소재가
풍경이다.

　만년 루소의 어느 편지 내용에서 다음과 같이 적혀
있었다. 「나에게 있어서 가장 크고 순수한 사랑의 대상
(1888년에 죽은 처 크레망스를 가리킨다.)을 잃어버리고
나는 낙담하여 나의 생활은 마치 철학자와 같이 되어

내가 사랑할 수 있는 것은 자연이었다. 예술가라면
누구나 존경하지 않으면 안 되는 이 아름답고 위대한
자연만이 내가 사랑하는 전부였다.」
　　이 작품은 1890년대 초기 루소의 풍경화의 대표작으로서
전체적인 균형, 순수한 분위기, 감미로운 색채로 펼쳐지는
자연에 대한 루소의 감정이 잘 나타나고 있다.

　　1890~3년 캔버스 油彩 25.5×45.5cm
　　시카고 미술 연구소 소장

숲속의 산책
LA PROMENADE DANS LA FORÊT

이 작품은 루소의 초기 작품에 속한다. 숲속에 자주빛 드레스를 입은 귀부인이 서 있다. 숲과 여인은 그가 좋아했던 테마이고, 후일 원시림(原始林)을 소재로 한 그림에서도 많이 반복되어 그려졌다.

촘촘히 서 있는 나무들과 서로 교차하고 있는 가지와 잎은 아직 약하고 성기게 그려져 있지만, 그가 말년에 그린 작품에서 보는 것과 같은 효과를 이미 나타내고 있는 것을 볼 수가 있다. 즉 루소의 그림에서 흐르는 이미지가 이 초기 작품인 〈숲속의 산책〉에서 이미 형성되어 있다는 것을 알 수가 있다.

초가을철의 숲인 듯 엷은 연두색이 주조를 이룬 가운데 노랑·분홍 등이 잘 조화되어 화사한 느낌을 주는 작품이다.

1886~90년 캔버스 油彩 71×60cm
취리히 미술관 소장

세관
L'OCTROI

루소로서는 인연이 깊은 입시 세관 (入市税関) 풍경이다. 입구와 그 배후 건물 위에 제모를 쓰고 우산을 든 인물이 정면과 배면의 자세로 서 있다. 아마 루소 자신의 초상이 아닌가 생각된다.

루소는 평상시 말이 없었고 농담도 안 했다고 한다. 다만 앉아서 그림을 그리거나 대상을 했다고 한다. 이러한 세관에서 야간 근무를 할 때에 하얀 유령이 나타나 총을 겨누면 일순 없어졌다 다시 나타나는 등 환영(幻影)에 떨었다고 한다. 나무와 연돌, 건물 등 전부가 수직선 구도에서 오는 환상적 적막감이 화면에 가득하다.

루소는 1871년부터 1893년까지 세관원으로 일하였다. 24시간 근무한 후 쉬기 때문에 시간에는 비교적 여유가 있었다고 한다.

1890년경 캔버스 油彩 39.7×32.7cm
런던 대학 코톨드 인스티튜트 갤러리 소장

장미빛 옷을 입은 소녀
JEUNE FILLE EN ROSE

1961년 어느 여성이 이 작품은 1907년 자신의 나이 8세 때의 초상화라고 말한 것과 같이 기법적인 면에서 루소의 초기 작품인 것 같다. 가령 후기에 그린 〈부뤄마 상〉이나, 〈시인에게 영감을 주는 뮤즈〉에서 보는 것과 같이 루소는 인물을 평면적으로 그렸다. 그러나, 이 작품의 머리나 얼굴은 잔 터치가 많고 의복의 부드러운 감이나, 입체감을 나타내려고 한 것이 루소의 초기 작품에 틀림없다. 이후 루소는 만년에 가까와 갈수록 화면을 편편하게 색면으로 장식하듯 그려나간 것이 특색이었다.

초상화 배경에는 흔히 나뭇가지나 잎을 그려 넣는다. 이것 역시 후기 것은 나뭇잎 등이 크고 윤곽이 뚜렷하여 도안화(図案化) 된 듯하나, 초기 작품은 애매한 사생풍 (写生風)으로 그렸다.

1890년경 캔버스 油彩 61×46cm
필라델피아 미술관 소장

피에르 로티의 초상
PORTRAIT DE PIERRE LOTI

「로티의 결혼」 등으로 알려진 이 소설가의 초상은 1891년에 그린 것이다. 당시 로티가 아카데미 프랑세즈 회원으로 추천되던 해였다. 이러한 뉴스에 접한 루소가 유명인의 앨범 안에 있는 로티의 사진을 찾아 이 그림을 그렸던 것으로 보인다. 일개의 평범한 세관 2급 직원으로서 보는 로티의 세계는 하늘을 우러러보는 것과 같은 꿈의 세계였을 것이다. 루소가 밀림을 테마로 그리기 시작한 것은 1891년부터인데 로티의 작품에서 많은 영향을 받은 것으로 보인다.

로티의 얼굴은 루소의 다른 초상화와 달리 매우 견고한 조형성을 띠고 있으며, 앞의 고양이는 로티가 좋아하는 동물이었다고 한다.

단순한 선과 배색으로 명쾌한 인상을 주는 그림이다.

1891～2년경 캔버스 油彩 61×50cm
취리히 미술관 소장

나 자신, 초상 : 풍경
MOI·MÊME, PORTRAIT : PAYSAGE

　명제의 뜻은 자화상 배경에 풍경이
보인다는 뜻이다. 이 그림은 1890년에 그린
것으로 루소 나이 44세 때이고 아직 세관
직원으로 재직하고 있을 때이지만, 그는
화가로서 자신을 자랑스럽게 여기며 그렸다.
　배경은 1889년 만국박람회 때의 파리
풍경이다. 세느 강변에 만국기를 단 배가
있고 에펠 탑이 멀리 보인다. 하늘에는
오색의 구름이 춤을 추듯 흐르고
기구(気球)도 떠 있다. 손에 들고 있는
팔레트에는 죽은 두 애처(愛妻) 크레망스와
조세핀느의 이름이 써 있으니 애환이
교차된다고나 할까.
　새로운 과학의 경이와 더불어 이국적
풍물이 공존하는 이 만국박람회는 현실과
꿈을 낳게 하는 루소의 회화 세계와 서로
공통되는 점이 많았다.

　1890년 캔버스 油彩 143×110.5cm
　프라하 국립 갤러리 소장

포병들
LES ARTILLEURS

　검정 상의에 흰 바지를 입고 전원 팔자수염을 기른 포병들이 차
바퀴에 「제4 포병대 제3 야포」라고 쓰여 있는 대포의 정면으로 줄지어 서
있다. 배경의 수목들도 대포의 모양과 같이 왼쪽에서부터 오른쪽으로
점차 얕아지고 있다. 〈시골 결혼식이나〉, 〈주니에 아저씨의 마차〉와 같이
이것도 기념 사진을 보고 그린 것으로 추측된다. 정면을 좋아한 루소는
기념 사진에서 착상한 그림이 많았다.
　대포와 군인들이 화면 가득히 그려져 있지마는 용감스럽다든가
공격적이라든가 하는 전의(戰意)는 전혀 느낄 수가 없고, 어디까지나
색채적인 배합에서 아름다움만이 가득하다. 특히 맑고 길어 보이는
초록색과 흰 옷, 검정 상의와 빨간 모자 테두리와의 색의 대비는 매우
효과적이다.

　1893년경 캔버스 油彩 72×90cm
　뉴욕 구겐하임 미술관 소장

전쟁의 여신
LA GUERRE

혹마를 달리는 트러블의 여신이라고도 불리는 이
작품은 「가는 데마다 공포와 절망과 눈물과 페허를 남겨
놓을 뿐.」이라고 화면 뒤에 적혀 있다.
　이 그림은 동향(同鄉)의 시인 알프레트 쟈리의 추천으로
문학 잡지 「리마제」의 삽화로서 그려졌는데, 당초 잡지사
측의 부탁은 나폴레옹의 이집트 원정이란 내용인데
루소는 내용과는 달리 전쟁의 참화를 그렸다.

Henri Rousseau

괴물처럼 보이는 흑마 위에 머리를 풀어헤친 전쟁의
여신이 주검이 깔린 숲속을 질풍처럼 달린다. 음산한
까마귀는 시체 위에 앉아 있고, 피빛으로 물든 구름은
한층 전쟁의 공포를 더해 주는 것 같다. 루소가 49세 때
퇴직 후 본격적인 화업(画業)을 시작할 무렵에 그린
기념비적인 걸작이다.

1894년 캔버스 油彩 114×195cm
파리 인상파 미술관 소장

잠자는 집시 여인
LA BOHÉMIENNE ENDORMIE

「만돌린을 키며 방랑하는 한 흑인 여자가
물병과 만돌린을 놓고 피곤에 지쳐 잠들고
있습니다. 지나가던 사자가 그녀의 냄새를
맡고 있으나, 잡아 먹지는 않습니다.
집시의 여인은 오리엔트 복장을 하고 있고,
주변은 삭막한 사막에 달빛만 휘영청, 퍽
시적인 효과가 납니다.」
　고향인 라봐르 시에 이 그림을 사 달라는
루소의 편지 글 가운데 1절이다.
　만돌린이나, 물병 등의 기하학적 형태는
입체파보다 10년이나 앞섰고 몽환적
(夢幻的) 세계는 초현실파의 까마득한
선구적 입장에 서 있다. 피카소를 비롯 많은
예술인들이 이 화가에게 보내는 찬사가
가난하고 소박한 화가를 동정한 것만은
결코 아니었다.

　1897년 캔버스 油彩 129.5×200.7cm
　뉴욕 근대 미술관 소장

꽃
FLEURS

　루소는 꽃을 테마로 상당히 많은 그림을
남겨 놓았으나, 거의 모두 동일한 수법이다.
단순한 구도에 단일한 배경 중앙부에
빽빽이 꽂아 놓은 꽃들로 거의가
공통적이다.
　루소의 꽃은 르동의 꽃과 매우
대조적이다. 르동의 꽃 그림에서는
테이블이나 배경이 보라빛 안개에 묻혀
버리기도 하고 꽃은 공간에 엷게 부상하듯
그린 데 반해, 루소는 배경과 테이블, 명
명확한 두 면에 한정하는 공간은 매우
가볍고 인공적이다.
　루소는 풍경화에 있어서는 공간 표현에
많은 힘을 기울여, 보는 사람으로 하여금
흥미를 이끌게 하였으나, 꽃 그림에
있어서의 공간은 단순화되고 배경은 단지
막을 내린 듯 차단되었다.
　꽃들도 꽃잎이나, 잎맥까지 자세히
그렸으나 현실과는 다른 창작에 의한
꽃이다. 역시 루소적인 초현실감을 준다.

　1895～1900년경 캔버스 油彩 61×49.5cm
　런던 테이트 갤러리 소장

의자 공장
LA FABRIQUE DE CHAISES

　루소는 이 의자 공장 건물을 여러 번 그린 것 같다. 모두 정면에서
본 구도인데 집을 화면 중간에 놓는다든가, 하늘의 공간을 넓게 하기
위해 건물을 약간 밑으로 내려 그리는 둥 구도에 큰 변화는 없이
그렸다.
　이 작품은 건물을 위주로 하여 크게 취급하였으며, 대상도 비교적
정확하다. 하늘에 펼쳐져 있는 엷은 황색의 구름은 모양이나 색채가
너무 자연스럽게 그려져 루소적인 특색이 표현되어 있지는 않다.
낚시를 하는 사람이나 노상에 있는 사람은 원근법을 전혀 고려치 않고
작게 그려 놓은 것이 우습게 보이나, 이것이 루소의 특징인지도 모른다.

　1897년경 캔버스 油彩 73×93cm
　파리 샹 월터＝폴 기욤 콜랙션 소장

인형을 가진 어린이
POUR FÊTER BÉBÉ!

인형을 든 아이가 화면 가득히 당당한
모습으로 서 있다.

어린이 생일을 축하하는 의미에서 그려진
것이 아닐까. 그에게 이와 비슷한 어린이의
초상이 몇 점 있는데 모두가 어린이 얼굴로
그려지지 않고 어른스러웠다. 루소 자신이
동심적인 세계에서 살고 있기 때문에
어린이를 어린이로 대하지 않고 자기와
대등한 위치에서 보고 있어 이러한 표정을
그린 것이 아닐까.

한아름 꺾은 꽃을 옷자락에 담고 있는
어린이의 허벅지와 복슬복슬한 두 볼은
매우 우량아이면서 강한 인상을 풍기고
있다. 짙은 풀밭에 빨간 꽃과 흰 꽃이 청순한
동심 세계와도 같이 맑고 깨끗하게 보인다.

1903년경 캔버스 油彩 100×81cm
스위스 개인 소장

르 비에브르 계곡의 봄
LE PRINTEMPS DANS LA VALLÉE DE LA BIÈVRE

파리 교외 풍경이다. 가지들이 얽혀 있는 큰 나무 사이에 붉은 지붕이 내다보이고 숲은 신록으로 덮여 있다.

나무의 수직선과 가지의 곡선, 길의 직선과 면이 잘 조화되어 있다.

수목에 비하여 매우 작게 그려진 사람들은 마치 숲속 깊이 사는 소인국 (小人国)에서 나온 사람들인 양 몽환적이고도 초현실적인 감을 준다.

이른 봄의 맑은 하늘을 배경으로 보리

이삭과 같은 나뭇잎들은 하얀 공간에서 서로 얽히고 설키며 동화적인 소박성과 리듬감을 주는 루소의 이미지를 그려 놓았다.

1904년경 캔버스 油彩 54.6×45.7cm
뉴욕 메트로폴리탄 미술관 소장

호랑이 사냥
LA CHASSE AU TIGRE

　루소의 그림에는 사진, 삽화, 판화 등에서
착상한 것이 많았다. 이 작품도 당시의
잡지에 실린 에른스트의 그림을 보고 그린
것이다. 그러나, 그의 붓이 지나간
자리에는 인물이나 흰 말이나 호랑이나,
모든 현실감은 사라지고 꿈 속의 영상과
같이 원만하고 조용해진다. 아라비아 인의
빨갛고 노란 색색의 의상은 분홍의
모래색과 따사로우면서도 이국적인
분위기가 감돈다.
　멀리 보이는 검은 산은 흰 말을 한층
선명하게 부상(浮上)시켜 주고, 우측의 두
포기의 식물은 루소 특유의 개성을 잘 살려
주고 있다.

　1904년 이전 캔버스 油彩 38×46cm
　오하이오 콜롬부스 미술관 소장

홍학
LES FLAMANTS
1907년경 캔버스 油彩 114×163.3cm
뉴욕 페이슨 콜렉션 소장

알포르의 풍차
LE MOULIN D'ALFORT

루소의 풍경화에는 습작이 많이 남겨져
있다. 루소는 이 많은 습작을 기초로 하여
화실에서 많은 작품을 제작하였다.

이러한 면으로 볼 때 루소는 쇠라와 같이
인상파 이래 버려져 있던 화실의 전통을
고수한 작가라고 볼 수 있다.

루소의 습작을 보면 사물들은 큰 색채의
덩어리로 표현되어 인상파라기보다
야수파에 가까웠다. 이 대충 그려진
습작들을 보면 루소는 잎사귀 하나하나
꼼꼼히 그려 나가는 과정에서 자기의
이미지를 부각하여 나가는 듯 습작과는
전혀 다른 화면을 만들어 낸다.

이 그림의 숲은 어둡고 섬세하여
고전파적인 화풍에 가깝고, 상대적으로
건물의 붉은 지붕과 벽의 흰색은 매우 강한
대조를 이루어 루소적인 특색을 잘 나타내
주는 작품이다.

1905년 이전. 캔버스 油彩 37×45cm
뉴욕 개인 소장

시골 결혼식
UNE NOCE À CAMPAGNE

아는 사람의 결혼식 혹은 루소 자신의 결혼의
정경을 묘사한 것이 아닌가 한다. 그는
과거 사진 등을 참조하여 가족들의 모습을
그려 나갔는데 이 그림 역시 여기에 속할
가능성이 많다. 신부는 첫째 부인
크레망스이고, 그 우측 배후가 자신의
모습이고, 그와 같이 서 있는 여성이 두번째
부인 조세핀느인 것 같다.

조세핀느도 이 그림이 그려지기 2년 전에
세상을 떠나 아마 옛날 사진을 꺼내어
새롭게 조세핀느를 첨가하여 그린 것 같다.
좌우 나뭇가지가 만들어 낸 삼각형 안에
인물을 배치한 고전적인 구도이다. 신부와
조부모의 표정은 종교화 안에 있는 인물과
같이 위엄있어 보인다. 흑·백·청록을
주조로 한 인물들로 지나친 통일감을 주고
있으나, 전면에 있는 검은 개의 유머러스한
모양이 화면을 부드럽게 해 주고 있다.

1905년경 캔버스 油彩 163×114cm
파리 장 왈테=폴 기욤 콜렉션 소장

즐거워하는 광대들
JOYEUX FARCEURS

　루소가 그린 열대 원시림은 환상의
낙원이요, 꿈의 결정이다.
　그러나, 그 꿈은 공상에서 생긴 것이
아니고 현실을 보고난 후 형성되었다고 한다..
　밀림에서 그려진 나무와 꽃은 파리
식물원에서의 관찰로 출발한 것이다.
　「이 온실에 들어와 이국의 색다른 식물을
보고 있으면, 나는 꿈을 꾸고 있는 것
같습니다.」라고 루소는 평론가 아르세르
알렉산드르에게 말한 적이 있다.
　식물원은 그가 가장 좋아했던 장소 중의
하나이다. 루소는 식물원에 자주 들러 식물을
많이 보고 연구하였으나, 화면에 그려진
식물 모양은 실제와 같은 것은 단 하나도
없었다.
　이 그림 안에 있는 괴물들이나 새 역시
현실에서 볼 수 없는 동물로서 루소의
공상 속에서 생각했던 것들을 캔버스에
옮겨 놓았다고 볼 수 있다.

　1906년경 캔버스 油彩 146×114cm
　필라델피아 미술관 소장

사자의 식사
LE REPAS DU LION

　열대 밀림을 그린 작품 중에서 다소 초기의 작품이다. 최만년에 그린
것에 비하면 비교적 단순한 구도이다. 식물은 단순하고 수직으로만
올라가 만년의 그림에서 보는 것과 같이 교차된 곡선의 리듬이나,
식물의 복잡한 구조적인 것은 추구되어 있지 않으며 신비하게
피어오르는 흰 꽃이나, 현실에서 볼 수 없는 꽃들은 루소의 꿈의 세계를
상징하는 듯하다.
　루소의 일련의 열대 풍경은 참으로 독창적인 것이다. 그는 한층
자유롭고 풍부하게 자기의 재능과 상상력을 동원하여 미지의 세계를
그려 나갔다.

　1907년경 캔버스 油彩 113.7×160cm
　뉴욕 메트로폴리탄 미술관 소장

1907년 캔버스 油彩 169×189.5cm
파리 인상파 미술관 소장

땅꾼
CHARMEURSE DE SERPENTS

우아한 곡선으로 그려진 열대 식물의
윤곽과 기괴한 꽃들은 달빛에 비치어
엷게 그 모습을 드러내고 있다.
　주황색 깃털을 가진 새 옆에서 두 마리의
뱀들이 땅꾼이 부는 피리 소리에 맞추어
흥물스럽게 춤을 추고 있다. 긴 머리를
산발한 검은 마술사는 눈만이 빛나고 있고,
머리 위 나뭇가지에서도 큰 구렁이가 몸을
꿈틀거리며 땅꾼 옆으로 다가온다.
　밀림의 환상을 그린 작품 중에서도 가장
신비스러운 분위기를 자아낸 작품이다.
　이 그림은 루소의 친구 도로네가 자기
어머니의 부탁으로 루소에게 부탁한
작품이다. 루소는 이따금 도로네 집에
들리는데, 어느날 도로네 부인으로부터 인도
여행담을 들었다. 이 이야기를 듣고 인도의
풍속적인 땅꾼이 구상되었으리라고
생각된다.

비행선(애국호)이 뜬 풍경
PAYSAGE AVEC LE DIRIGEABLE 'PATRIE'

1907~8년 캔버스 油彩 46×55cm
도꾜 브리지스턴 갤러리 소장

　루소는 당시 좋지 못한 소재로 취급되어
있는 근대적인 현실을 재빨리 자기 풍경화
안에 도입한 화가였다.
　그는 1890년에 그린 〈나 자신, 초상:
풍경〉에서 에펠 탑을 그리고, 이후 비행선이나
복엽 비행기(複葉飛行機)가 파리 하늘에
나는 것을 보고 그것 역시 자기 풍경화
안에 그려 넣었다. 움직이는 것, 나는 것,
진기한 것에 대하여 그는 어린이들과 같이
호기심이 많았고, 원근법이나 기교면에서도
다분히 동화적이며, 물체의 단순화 사물의
위치 등 벌써 실경(實景)과는 멀어진
창작적인 내용인 것으로 보아 루소는 이미
이채파(異彩派)들이 추구한 예술 활동을
먼저 하고 있었다. 후일 입체파 화가들
중에서도 에펠 탑, 풋볼 시합, 비행기
등을 그렸다.

꿈
LE RÊVE

〈땅꾼〉이란 작품과 같이 밀림의 환상을
대표하는 작품으로 루소가 사망한 해에
그린 최만년작이다.

분홍 옥색의 꽃들이 피어 있고, 여러
모양의 식물들이 엉켜 있는 가운데 땅꾼의
피리 소리를 듣고 있는 나체의 여인과 사자와
코끼리가 귀를 기울이고 있는 환상의
세계이다.

이 작품은 앙데팡당 전에 출품되었는데
아폴리네르를 위시하여 많은 평론가들로부터
칭찬을 받았다고 한다. 이때는 이미
루소의 그림을 보고 웃는 사람은 없었다.
그러나 원시림에 있는 소파를 보고 일부
평론가들은 당황하여 루소에게 물었더니
루소는 「소파 위에서 잠들고 있는 여자는
밀림 속으로 운반되어 땅꾼의 피리 소리를
듣고 있는 꿈을 꾸는 중」이라고 대답하였다
한다.

1910년 캔버스 油彩 204.5×299cm
뉴욕 근대 미술관 소장

주니에 아저씨 마차
LA CARRIOLE DU PÈRE JUNIET

이 그림을 그릴 때 루소는 몽파르나스에서 가까운 페레루가 부근에
화실을 빌어 혼자 지내고 있었다. 두번째 부인도 이미 세상을 떠나
근처 야채상을 하는 주니에 씨 집에서 식사를 하게 되었다.
이 주니에 씨가 말을 산 것을 계기로 마차에 탄 주니에 일가를 그리게
되었다. 이 그림을 그리기 위해 물감이 많이 묻은 사진이 지금도 남아
있다. 모자를 쓴 사람은 루소 자신이다. 이 그림은 시골 결혼식에 이어
루소가 그린 초상화 중 걸작에 속한다.
이 그림에서 루소로서는 처음으로 옆에서 본 구도를 택했는데, 사진을
보고 그린 데서 어쩔 수 없었던 것 같다. 그러나, 여기에 그려진
인물들도 주니에 씨 한 사람만 제외하고는 전부 전면에서 본 얼굴이다.

1908년 캔버스 油彩 97×129cm
파리 쟝 왈테＝폴 기욤 콜렉션 소장

생 클르 공원의 나무들
ALLÉE AU PARC DE SAINT-CLOUD

〈풋볼을 하고 있는 사람들〉은 순수한
풍경화는 아니지만 〈생 클르 공원의 나무들〉
과 같은 구도이다. 전경에서 안으로
뻗은 넓은 길과, 양편의 줄지은 나무들의
평행 수직선의 리듬과, 점점이 찍어 그린
잎의 표현은 한결같이 〈풋볼을 하는 사람들〉
그림과 동일하며, 제작 연도도 대략
같은 시기인 것 같다. 길을 걸어가는
사람들은 소인국에서 나오는 사람처럼
왜소하고 초현실적인 분위기를 자아내며,
루소적인 스타일이 강하게 풍기는 작품이다.

1908년경 캔버스 油彩 46.2×37cm
프랑크푸르트 회화관 소장

1908년 캔버스 油彩 100×81cm
뉴욕 구겐하임 미술관 소장

풋볼을 하고 있는 사람들
JOUERS DE FOOTBALL

낚시질하는 사람과 비행기
PÊCHEURS À LA LIGNE

1908년경 캔버스 油彩 46×55cm
파리 쟝 왈테＝폴 기욤 콜렉션 소장

슬로우 비디오를 보고 있는 듯한 완만한 동작과 팔자수염을 단 선수들의 표정이 유머러스하다. 이 그림 역시 정면에서 본 구도로, 앞에 넓은 면적을 깔고 삼면의 공간은 누런 나뭇잎 하나하나를 열심히 그려놓은 만추(晩秋)의 어느 공원 풍경인 것 같다.

이 그림은 풋볼을 하는 것이라고 그렸는데, 핸드볼을 하고 있는 것 같아 정확히 알 수 없다.

루소로서는 풋볼을 하든 핸드볼을 하든 상관이 없고, 다만 사람들의 운동감에 흥미를 갖고 루소 독자적인 풍경화 시스템 안에 넣어 버린 것이다.

이러한 의미에서 볼 때 이 작품은 비행선이나, 복엽 비행기(複葉飛行機)를 그려 넣은 작품과 한 계열에 속한다고 할 수 있으며, 근대적 현실에 눈 뜨기 시작한 루소의 정신 세계의 일면을 말해 주는 것 같다.

이 그림 역시 〈비행선이 뜬 풍경〉과 그린 연대도 같고 구도도 공통적인 데가 많다. 앞에 호수가 있고 광장에는 몇 명의 사람들이 서성대고, 배경으로는 흰 벽에 빨간 지붕, 점점이 찍은 수목 등을 그린 수법이나 색조가 거의 같고 하늘에는 비행선 대신 복엽 비행기(複葉飛行機)가 그려져 있을 뿐이다. 낚시질하는 사람들의 발은 물에 빠져 있고, 모자를 쓴 사람들의 모양이나 집과 연돌의 표현은 동화나 조금도 다를 데가 없이 소박한 그림이다.

표현 능력이 없어 유치하게 그린 것인지 일부러 이렇게 우화적으로 표현한 것인지 모르나, 후일 입체파 화가들이나 초현실주의 화가들에게 루소는 위대한 선구자였다. 그 중에서도 루소의 젊은 친구였고 숭배자였던 로빌트 도로네의 〈도회〉에는 루소가 그렸던 에펠 탑, 배의 마스트, 다리 등이 충실히 그려져 있다.

장미빛 양초
LA BOUGIE ROSE

　루소는 평생 3점의 정물화를 그렸다. 그것도 만년의 작품인데 그
당시 입체파 화가들이 정물화를 집중적으로 그리는 시기와 거의 같은
시기였다. 루소는 평상시 제롬과 같은 당시 아카데믹한 역사 화가를
존경하여 세잔의 정물들은 본 척도 않았다고 하는데, 반대로 루소를
존경하고 이해하는 화가들은 전부가 모던 화가들이었다. 이 모던
화가들 덕택으로 루소는 생의 중반에 이르러 미술인들의 무리에 같은
동료로 끼게 되었다.

　그러나, 루소는 얼마나　그들의 이념을 이해했는지 의문이고, 또한
이러한 교제가 루소 예술에 얼마나 영향을 주었는지는 모를 일이다.
아마 이 정물화를 통하여 장차 새로운 미술 운동의 주역이 될
젊은이들에게 많은 자극을 주었으리라 믿는다.

　1908년경 캔버스 油彩 16×22cm
　워싱턴 필립스 콜렉션 소장

어린이의 초상
PORTRAIT D'ENFANT

　루소 만년에 그린 작품이다. 루소의
초상화 중에서 배경에 다른 사물을 그리지
않고 푸른 하늘로만 처리한 작품은 아마
이 작품 하나뿐인 것으로 안다.

　들은 희고 빨간 꽃이 피어 먼 지평선을
이루고 있는 가운데, 빨간 바탕에 흰 점박이
옷을 입은 어린이가 화면 가득히 앉아 있다.
어린이는 손에 인형과 꽃을 가지고 있지만
어린이다운 표정과 몸가짐은 아니다.

　사물을 꿰뚫어 보는 듯한 맑은 눈은
초현실적인 분위기를 자아낸다.

　1908년경 캔버스 油彩 67×52cm
　파리 쟝 왈테＝폴 기욤 콜렉션 소장

이국 풍경
PAYSAGE EXOTIQUE

1910년은 루소가 죽은 해이다. 루소는
만년인 1905년~1910년 사이에 밀림
풍경을 비롯한 많은 작품을 제작하였다.
이 그림도 1910년에 그려진 것인데 그가
죽기 수개월 전에 완성시킨 것으로
추측된다. 루소의 그림 중에는 초상화, 꽃,
풍경 등 여러 가지가 있었으나, 그 모든
작품이 한편에서는 좋아했고 한편에서는
조소의 대상이었으나, 이 일련의 밀림
그림만큼은 이 세상 그 누구도 그려놓지
못한 루소의 절대적인 세계인 것이다.
만약에 루소가 열대림(熱帶林)을 그리지
않았다면 과연 세계적인 작가로 추앙받을
수 있었을까 하는 것이다.
　그만큼 이 밀림 그림은 루소의 예술을
결정지어 주었고, 미술사상 전무 후무한
경지를 열어 놓았다고 볼 수 있다.

1910년 캔버스 油彩 114×162cm
워싱턴 폴 멜론 콜렉션 소장

생 루이 섬의 조망
VUE DE L'ÎLE SAINT-LOUIS PRISE DU QUAI HENRI IV

루소의 풍경화로서는 특이한 구도로서 거의 쇠라의 항구 풍경과 같은
느낌이다.

화면의 3분의 2 정도가 변화없는 뿌연 하늘이 차지하여 전반적으로
내려앉은 듯한 구도이며, 하얀 돌로 쌓아올린 축대의 선이
전경에서 강하게 사선(斜線)으로 내려 그은 것이 전에 없는 독특한
방법이다.

중경에는 까만 숲 사이에 흰 벽의 건물들이 내다보이게 하여 하늘과
수면의 밝은 부분과 강한 대조를 이루게 하고, 검고 넓은 다리는 화면의
안정감을 잡아 준다. 넓은 하늘의 공간은 배에서 올라간 돛대 끝에서
펄럭이는 빨간 기와, 멀리 성당에서 올라간 첨탑 두 개로 하늘의
단조함을 면해 주는 평범한 그림이다. 전경에서 바라보고 서 있는 키
작은 신사의 모습 하나로 루소의 이미지를 살려주고 있다.

1909년 캔버스 油彩 33×41cm
워싱턴 필립스 콜렉션 소장

시인에게 영감을 주는 뮤즈
LA MUSE INSPIRANT LE POÈTE

시인 아폴리네르와 당시 그의 연인이었던
마리 로랑상의 초상화이다. 이 그림은
시인 아폴리네르가 루소의 궁핍한 생활을
돕기 위해 주문한 것인데, 시인은 5만 프랑을
지불했다기도 하고 3백 프랑을
지불했다기도 하여 확실치는 않다.

입체파 화가와 이론가들 사이를 요정
(妖精)처럼 다니던 마리 로랑상이 영감을
주는 시신(詩神)의 모델로 등장,
아폴리네르에게 영감을 주는 장면인데
이때의 루소는 벌써 원숙기에 도달하고
있다. 화면은 밝고 맑아 루소의 정신
세계의 흐름을 결정지어 주는 기념비적인
그림이라 하겠다.

1909년 캔버스 油彩 146×97cm
바젤 미술관 소장

의자 공장
LA FABRIQUE DE CHAISES

1909년 이후 캔버스 油彩 38×46cm
파리 쟝 왈테=폴 기욤 콜렉션 소장

　앞에 그린 작품은 1897년 경에 그렸고,
이 그림은 1909년에 그렸다. 앞의 그림에
비하여 색채도 선명하고 구도면에서도 잘
짜여져 있다.
　건물의 위치를 밑으로 내려 안정감이
있으며, 앞 광장 우측으로 흐르는 길의 곡선
등 적당한 변화를 주어 흥미롭다.
　화면 3분의 2 가량이 차지한 하늘의
공간에는 자유롭고 크게 펼쳐지는 구름의
흐름으로 화면에 발랄한 활기를 더해
주는 것 같다. 전 그림은 1879년 앙데팡당
전에 출품한 작품이고, 이 그림은 전자에
비해 크기가 절반 가량 작은 작품이나,
전체적으로 익숙한 붓의 터치 등 루소
만년의 특징을 잘 나타내 주고 있다.

꽃
BOUQUET DE FLEURS

르동이나 고갱이 그린 꽃은 현실의
꽃인데도 신비스러운 분위기가 감돌지만,
루소의 꽃은 꽃의 윤곽이 명확하고
평면적이어서 장식적인 느낌을 준다.
　이 그림은 정면에서 보고 그린 것인데
테이블의 수평선과 초록색 바탕의 커튼의
수직선이 기하학적으로 단순화되어 있지만,
초록색과 분홍색·빨강색 등의 선명한 색의
대비도 일종의 신선감을 주는 그림이다.
　꽃병 앞에 놓인 담쟁이덩굴은 빨간
테이블 색과 잘 조화될 뿐만 아니라, 직선이
많은 구도를 부드럽게 해 주고 있다.

1909년 캔버스 油彩 46×33cm
버팔로 앨브라이트 녹스 아아트 갤러리
소장

루소의 생애와 작품 세계

密林의 樂園을 그린

환상과 전설의 素朴派

I

앙리 루소는 1844년 프랑스 북부 라바르라는 작
은 고을에서 가난한 양철공의 장남으로 태어났다.
그는 라바르 중학에서 데상과 성악으로 상을 받

은 일 외에는 특별한 재능이 보이지 않는 평범한
학생으로 졸업했고 1년쯤 후에 군에 입대, 안지
애에 주둔한 51보병 연대 음악대에서 복무했다.
　후일 멕시코 종군 시절이 꿈에서까지 자주 보인
다고 술회한 것은 이 때의 기억이다.
　〈51연대 생환〉이란 작품을 그려 앙데팡당 전에
출품한 것은 사실이었으나, 루소가 실제로 멕시코
에 출전했었는지의 여부는 확실치가 않다. 왜냐하
면 루소가 입대한 해는 멕시코에 파병(派兵)한 지
1년이 지난 후이고 따라서 루소는 멕시코에 갔다
돌아 온 병사들로부터 멕시코에 관한 이야기만을
듣고 〈51연대 생환〉을 그렸을 것이라는 추측도 가
능하다. 이와 같이 루소의 생애에 관한 이야기는

몽수리 공원
PROMENADE AU PARC MONTSOURIS

　이 작품은 루소가 20년간 그린 풍경화 중에서도 걸작 중의 하나이다.

　루소의 풍경화 구도는 정면성이고, 전면이 넓고 좌우 대칭으로 그려 내려온 것이 한 줄기 흐름으로 되어 있다.

　이 그림 역시 루소의 전형적인 방식에서 벗어나지 않은 작품이지만, 능란하고 기술적인 화면 처리로 위의 방식이 뚜렷하게 나타나지를 않는다.

　길의 좌측에 있는 나무울타리와 우측의 큰 벽면이 균형을 이루고 직선적인 길에 비해 곡선적인 풀의 형태가 잘 조화되어 있다.

　맑은 5월, 신록의 숲 길을 남녀가 거니는 화사한 그림이다.

1910년경 캔버스 油彩 46×38cm
모스크바 푸시킨 미술관 소장

*　루소 사인

많이 나돌고 있었지만 하나 하나 따져나가면 확실한 사실로 남아 있는 것은 극히 적고 더우기 루소의 전반 생에 대해서는 누구 하나 아는 사람도 없고 루소 자신도 이야기를 하지 않았다고 한다.

　군 복무 5년째 되던 해 부친의 사망으로 제대, 모친 곁에 있으면서 파리의 어느 집달리의 서기로 있다가 처가(妻家)의 소개로 세관 하급관리직에 취직하여 25년이란 긴 세월을 근속, 49세가 되던 해에 그림만을 그리기 위해 세관을 자퇴(自退)했다.

　루소는 매달 받는 연금 50프랑만으로는 생활을 해나갈 수가 없어 공예 학교에 나가 소묘도 가르치고 그의 화실에서 아이들에게 음악과 그림을 가르치는 등 여러 가지 일에 종사했다.

　루소는 가난했을 뿐만 아니라 가정적으로도 행복하지 못했다.

　25세 때 10년 아래인 15세의 크레망스와 결혼하여 일곱 명의 아이를 낳았으나, 그 중 다섯 명이 죽고 크레망스마저 1888년 34세란 젊은 나이로 세상을 떠났다. 10여년 동안을 부인 없이 지낸 루소는 55세 때인 1899년 미망인인 조세핀누와 재혼했는데 조세핀누 역시, 4년 후인 1903년에 사망하고

흑인을 덮친 표범
NÈGRE ATTAQUÉ PAR UN JAGUAR

루소가 그린 열대의 밀림 풍경에서는 사람이나 동물들을 나무나 꽃에 비하여 매우 작게 그렸다. 그는 숲속의 깊이와 신비를 더욱 중요시하고 그것을 표현하고자 한 것이다.

이제 막 넘어가려는 진홍의 태양, 어둠으로 덮여가는 나무들과 요염하게 피어 있는 꽃들, 대자연의 적막이 흐르고 있다. 두툼하게

보이는 긴 잎들까지도 사상이 담겨진 생물처럼 보인다.

이 괴괴한 적막이 흐르는 가운데 흑인은 소리 한 번 질러 보지도 못하고 표범에게 물려 죽는다. 왜 이러한 테마를 그리게 되었을까. 아마 루소가 생각하는 숲속의 전설을 그려 보려고 한 것인지도 모른다.

1910년경 캔버스 油彩 114×162cm
바젤 미술관 소장

만다.

루소는 1890년에 그린 〈나 자신, 초상 : 풍경〉이란 작품 팔레트 뒷면에 이 두 여인의 이름을 써 넣어 먼저 간 크레망스를 추모하고, 재혼한 조세핀누의 건강을 빌었다.

만년에 이르러 루소는 나이에 걸맞지 않게 54세 된 과부에게 열렬한 구애(求愛)를 하였으나 매정하게 거절당한다. 그래도, 이 여인을 잊지 못하고 비오는 날 역(駅)으로 마중나갔다가 비를 맞은 게 화근이 되어 병상에 눕게 되고 급성 폐렴을 일으켜 애절한 최후를 맞게 된다. 1910년 9월 20일, 루소의 향년은 66세.

루소의 유체(遺体)는 파유 공동묘지에 가매장되었다가 그 후 고향인 라바르로 옮겨졌다. 그의 묘비에는 생전에 그를 아끼던 시인이자 미술 평론가

인 아폴리네르의 백묵으로 쓴 시(詩)가 각인되어 있다.

II

루소는 그의 인간성과 뛰어난 재능을 인정 받아 당대의 시인, 문필가, 평론가 등 예술계의 제제 다사들과 광범한 교우 관계를 가졌는데 특히 「유피王」의 작가로 명성 높은 시인 알프레트 쟈리와는 동향(同郷)이어서 맨 먼저 알게 되었고 그의 소개로 상징파(象徵派)의 이론가 구르몽을 만나게 되어 상징파의 전위적인 문학지 「리마제」에 삽화를 그리게 되고 이 삽화가 모멘트가 되어 〈전쟁의 여신〉이란 걸작을 남기게 되었다. 또한 시인 아폴리네르와의 우정은 이 가난하고 소박한 홀아비 화가의

처녀림의 원숭이
SINGES DANS LA FORÊT VIERGE

　열대의 밀림을 그린 루소의 작품은 대체로 무성한 나뭇잎으로 덮여 검푸른 분위기에 일종의 신비로움을 느끼게 한다.

　이 그림은 색채도 밝고 나뭇잎도 성기어 숲이라기보다 과수원 지대와도 같다. 나무에는 주황색 오렌지가 가지마다 조랑조랑 달려 등불을 달아 놓은 듯하다.

　다갈색 원숭이들은 오렌지를 따서 입으로 가져가는 놈도 있고, 나뭇가지를 타고 다니는 놈도 있는 등, 동화적인 즐거운 분위기의 작품이다. 나뭇가지에 달려 있는 과일은 빛깔이나 모양이 오렌지와 흡사하지만, 열대 식물의 다른 종류의 과일인지 이 세상에 없는 상상 속의 과일인지도 모른다.

　1910년경 캔버스 油彩 114×162cm
　뉴욕 메트로폴리탄 미술관 소장

만년을 영광스러우며 드라마틱하게 장식해 주었는데, 아폴리네르와 그의 애인 마리 로랑상을 그린 〈시인에게 영감을 주는 뮤즈〉는 아폴리네르가 루소를 돕기 위해 이 그림을 주문했고 화료로 무려 5만 프랑을 지불했다고 전해 지고 있다.

　1908년 피카소는 당시 젊은 화가들이 모여 살던 유명한 바드라(洗濯船) 아파트에서 「루소의 밤」을 개최하여 그의 인간됨과 예술을 찬양, 멸시와 모멸을 받던 루소가 일약 파리 화단의 기린아로 알려지는 계기로 발전하는데, 피카소가 「루소의 밤」을 열게 된 경위가 퍽 재미있다.

　어느날 피카소는 그가 잘 다니는 골동품 가게에서 루소가 그린 〈부인상〉을 5프랑에 샀다. 피카소는 이를 축하하기 위하여 그의 화실에서 조촐한 자축 파티를 마련했다.

초대된 사람은 우선 세탁선 옆에 있는 카페에서 만나 피카소의 화실로 갔다. 일행은 브라크, 마리 로랑상, 아폴리네르, 막스 자콥, 가도루드, 스타인 등 젊은 예술가와 이외에 뉴욕, 함부르크, 샌프란시스코에서 온 3명의 수집가인데, 이들은 피카소의 화실에 도착하자 긴 테이블에 앉았다. 물론 벽에는 피카소가 입수한 〈부인상〉이 걸려 있었다.

　피카소는 루소를 위한 옥좌(玉座)를 마련해 놓았다. 잠시 후 모자를 쓰고 왼손에 스틱 단장, 오른손엔 바이올린을 든 루소가 들어와 앉는다. 자리가 무르익자 루소는 아이들용과 같은 바이올린으로 자작곡(自作曲) 「구로셋」을 연주하였다. 춤이 시작되자 이번에는 자작곡 「크레망스=죽은 첫 부인의-이름」을 연주했다. 이어 아폴리네르가 루소를 위한 즉흥시를 지어 바쳤는데 장내는 그야말로

열대림속의 태풍
ORAGE TROPICAL AVEC TIGRE
1891년 캔버스 油彩 129×162cm
런던 국립 미술관 소장

루소의 찬가로 가득찼다. 아마 이 밤은 가난한 화가 루소가 생애를 통해 받아 보는 최초의 축복이자 흥분된 밤이었으리라——.

이러한 전설적인 모임은 상대방에게 호감을 주는 루소의 평소의 인성(人性)과 그의 재능의 우월함을 입증해 주는 결정적인 자료로 다루어 지고 있다.

III

오늘날 루소를 환상적인 천재로, 또는 입체파의 선구자적인 존재로 기록하는 이유는 그의 회화에서 볼 수 있는 환상과 전설, 그리고 단순화된 형태와 기하학적인 구성에 연유한 것이다.

1897년에 그린 〈잠자는 집시 여인·P.17〉에서 보여

준 명쾌한 기하학적인 구성과 선명한 색채, 몽환적(夢幻的)인 분위기는 가히 천재적이며 그의 특질이 잘 표출되어 있어, 따라서 근대 회화사에서 주목을 받는 작품 중의 하나이다.

루소는 전위적인 젊은 화가들, 또는 시인들에게 주목을 받은데 반해 당시 화상(画商)이나 수집가들은 그의 작품에 대하여 멸시에 가까운 냉대를 보였고 만년에 이르러 그것도 짧은 기간 동안 관심을 가졌다.

화상 보오가르, 앳데겐이 루소에게 접근한 화상이며, 빌헤롬 우데가 1909년 루소의 개인전을 개최하여 주었는데 이 개인전은 루소가 생전 처음으로 연 개인전이고 그가 죽기 1년 전의 일이였다.

루소의 자전(自伝)에 의하면 「양친의 재력 부족으로 자신은 예술적인 취미를 살리는 직업과는 전

물소를 습격한 호랑이
TIGRE ATTAQUANT UNE BUFFLE
1908년 캔버스 油彩 172.1×191.5cm
클립브란드 미술관 소장

혀 다른 직업을 택하지 않으면 안 되었다.」고 되어 있는데 루소는 체계적인 미술 교육을 받지 못한 아마튜어 출신의 화가이다. 처가의 주선으로 20대에 세관의 관리로 일한 그가 언제부터 어떠한 계기로 그림을 그리기 시작했는지 명확하지는 않으나, 30대 중반(1880년경) 이미 동화적인 정취가 풍기는 꽃이나 나무의 화면에서 그의 독자적인 세계, 즉 꿈에서 볼 수 있는 환상과 전설과 원시성이 서식하는 「이미지의 세계」를 보여 주었다. 루소는 42세 때인 1886년에야 비로소 앙데팡당전에 〈사육제의 밤〉 등을 출품, 처음으로 화가로서의 공식 활동을 개시하게 된다.

이 독립전은 1884년 쇠라 등에 의해 창설되었는데 살롱에 낙선한 화가들의 자유스러운 발표의 광장으로서 세기말(世紀末)부터 20세기 초의 예술

운동에 커다란 영향을 끼쳤다.

쿠르베가 기폭제가 된 관전(官展)에 대항하는 개인전, 낙선전, 그룹전 등 개성과 독자성을 내세우는 반아카데미즘 운동이 전 유럽 지역, 특히 프랑스에서 거세게 확산되었는데 앙데팡당 전은 바로 이러한 운동의 공통 분모(共通分母)요 학식체이다.

도식적인 기성의 권위를 거부하는 새로운 물결, 이 물결에 편승하여 일어난 수많은 사조(思潮), 이즘의 홍수, 이론의 난류(乱流), 유파(流派)의 격랑(激浪)이 예견(予見)되는 대전환기에 루소는 푸른 꿈의 이미지에 소박(素朴)이라는 색다른 옷을 입고 홀연히 나타나 고향을 그리워하는 원시 회귀(原始回帰)의 인간 본능을 자극했다.

루소의 회화 언어는 그 시대의 시대 감각의 과녁을 맞춘 위대한 환상의 화살이고, 그의 발언(發

오와즈 강의 강변
PAYSGE DES BORDS DE L' OISE
1908년경 캔버스 油彩 46.2×56cm
노삼프톤, 스미즈 칼레이지 미술관 소장

름)은 고향을 찾는 실향민들의 전설적인 외침이며 그의 표현 양식은 〈시인에게 영감을 주는 뮤즈〉처럼 이미지의 밀림이라고 말할 수 있다.

1892년에 파리의 그랑파레에서 르 살롱전이 개최되었는데 이 해의 특별 전시에 초대된 작가가 앙리 루소였다.

필자가 마침 파리를 여행중이어서 전람회를 볼 수 있었는데 회장 한가운데 특별석을 마련하여 루소의 초기 작품에서 만년에 이르기까지의 유채화를 비롯한 연필 스케치와 루소가 그림을 그리기 위해 참고로 보았다는 사진과 그림이 나란히 진열되고 그외에 루소에 관해서 쓴 여러 권의 책과 많은 참고 자료들이 큰 방을 꽉 메꿀 정도였다. 작품도 연대 별로 진열되어 루소의 발전 과정과 회화 세계를 알아 보는데 도움이 되었다. 필자가 이 전시장에 들어서면서 얼핏 느낀 것은 루소의 그림이 「아마튜어 그림 같았다.」는 점이다. 말하자면 그림 공부 안한 일반 사람들이 꼼꼼히 그려 놓은 서투른 유형의 그림을 보는 것과 조금도 다름이 없었으나 잠시후 이 서투르고 소박한 표현에 오히려 높은 기품(気品)과 신비로운 영적 세계가 화면 저류에서 흐르고 있음을 깨닫게 되었다. 더우기 만년에 그린 〈원시림〉은 누구의 작품에서도 느껴 보지 못했던 환상의 세계로 끌어 당기는 야릇한 감동대를 지닌 작품이었다.

IV

하나의 가상이지만 만약 루소가 고전적인 사실주의적인 그림만을 인정했던 1800년대에 태어났더

라면 그의 이러한 그림은 영영 인정 받지 못하고 말단 세관원으로 일생을 마쳤을 것이라고 생각되어 전신에 전율마저 느꼈다. 이러한 측면에서 볼 때 루소는 새롭고 개성적인 것이라면 그 가치를 인정해 주려는 1900년대의 세상을 만났기 때문에 그가 사망한 지 70년이 지난 오늘날에도 천재 화가로서 추앙되고 미술사적으로 중요한 위치를 점하고 있지 않나? 생각해 보았다.

그렇다면 1900년대란 과연 어떤 시기인가?

기성화가, 평론가, 지식인, 심지어 일반 대중들까지도 비방과 조소를 퍼부은 젊은 인상파 화가들의 그림. 이 인상파가 드라마틱한 승리를 거둔 지 수년 후에 후기 인상파의 업적이 인정되고 계속하여 야수파가 등장, 조화와 정돈을 거부한 자유 분방하고 열화 같은 작풍(作風)이 새롭게 세상 사람들의 주목을 끌게 된다.

19세기 말엽과 20세기 초 사이에 일어난 기존 가치관의 전도(顚倒)와 새 가치 기준, 새 질서에의 욕구 의지는 급속한 템포로 예술 분야의 변혁을 촉구했고, 특히 유럽의 정신 세계는 세기말적인 「이즘의 과잉」, 「사상의 혼돈」이란 격랑에 휘말려 들었다. 회화 사상 이 때처럼 변화가 심한 때는 일찍이 없었다. 좀 심하게 표현하면 그들은 무엇이 되었든 새로운 것, 종전에 보지 못한 양식이라면 우선 그것에 가치를 붙여 놓고 보게 된 세상으로 변하였다. 물론 루소가 이러한 시대적 상황 의식을 직재하여 일부러 치졸하고 어린이스러운 독창적인 새 양식을 창출한 것은 아니겠지만 회화사를 통해서 루소의 그림과 같은 양식은 이 세상에 한 번도 나온 적이 없었고 루소 이후에도 아직까지 나오지 않고 있다.

루소가 만들어 낸 포름은 형태가 극명하게 보이는 사실주의적인 그림 같으나 자세히 들여다 보면 자연의 현존 형태와 하나도 같은 것이 없는 것도 특징이다. 우거진 나뭇잎이나 밀생(密生)하는 풀을 표현하는 데 있어서도 커다란 잎사귀 몇 개를 그려 우거진 나무로 표현하였고 풀의 모양에 있어서도 실제의 형태와 전혀 다른 것으로 그렸다. 열대의 밀림에 신비롭게 된 꽃도 루소 자신이 만든 창조물이며, 거기에 배치되는 하나하나의 장면도 루소의 꿈 속같은 공상 속에서 만들어 낸 것이다.

어느 미술 사학자가 미국의 저명한 식물학자에게 루소가 그린 열대 식물의 진·부 감정을 위촉한 결과 실존하는 식물과 꼭 같은 것은 하나도 없다고 회답해 왔다. 루소는 파리 식물원에 가끔 들려 낙엽 등을 스크랩하였다고 한다. 그는 그것을 기초로하여 루소 나름대로의 열대림을 창작하였을 것이라고 생각된다.

필자는 1982년 초 동부아프리카 케냐에서 동물들의 서식처와 생태를 수일 동안 관찰했는데 코끼리, 기린, 사자, 표범, 원숭이, 들소, 얼룩말, 사슴 종류 등은 대부분이 건조한 초원에서 살고 있

었는데 반하여 정글 지대에는 파충류와 곤충, 조류의 일부만이 살고 있다는 사실을 현지 주민들로부터 들었다. 그러나, 루소가 그린 밀림 지대에는 사자가 살고 있고 미녀가 숲속에서 나체로 드러누워 있는 것으로 보아, 밀림의 생태적인 현장은 전혀 고려하지 않고 그의 머리에 떠오른 상념 속의 열대 밀림을 창작했음이 분명하다.

그러나, 루소의 원시림은 파리 근교를 그린 풍경화처럼 잘 다듬어지고 평화로운 분위기만은 아니다. 수목들의 잎이나 가지는 그 형태가 아주 분명하고 질서있게, 그리고 또렷또렷하게 그려졌으나, 복잡하게 얽힌 나뭇잎들의 곡선은 그의 가슴 속 깊이 숨겨져 있는 섬세하고 다양한 내면 세계의 표출이라고 볼 수 있다.

루소와 같은 일련의 아마튜어 화가들을 가리켜 소박파(素朴派)라 부르는데 소박파는 야수파나 입체파와 같이 이념을 공감하는 화가들이 모여 회화 운동을 하는 것도 아니고 하나의 목표를 설정하여 작품 활동을 하는 것도 아닌 본질적으로 앙데팡당적인 화가들이다. 미술 평론가 우데 등에 의해 소박파들의 존재가 미술 사상 하나의 경향으로 묶여졌으나, 여기에 속하는 화가들은 처음부터 화가의 길을 택하지 않고 다른 일에 종사하면서 취미삼아 틈틈이 제작했고 직장을 떠난 후부터 본격적으로 자기의 세계를 나름대로 표현한 화가들이었다.

고갱이나 고호도 소인 화가 출신인데 이러한 작가들의 세계가 20세기 초두에 와서 크게 클로즈 업 되었고 그 중 몇몇 소인 화가는 세계적인 작가로 평가 받게 되었다.

루소는 이들 중에서도 대표적인 화가의 한 사람으로서 앞서 지적한 바와 같이 어느 때부터 그림을 그리기 시작했는지는 확실치 않으나 일요 화가와 같이 취미로만 그리지 않은 것만은 사실이다. 그는 당시 아카데믹한 화가로 명성높은, 제롬이나 부그로와 같은 직업 화가가 되기를 희망하였고 자기가 화가임을 늘 자랑스럽게 자부하였다고 한다. 30대 중반부터 독자적인 세계를 펴나간 루소는 40세 때인 1884년에 국립 미술관의 모사 허가증을 받았고, 42세 때부터는 앙데팡당전에 출품하면서 자신있게 스스로의 길을 펴나갔다.

치졸한 듯한 형태 속에 뿌리 박힌 긴장감, 기묘한 원근감, 명쾌한 입체감, 단순화된 형태, 날카로운 색의 대비 등 귀재적인 재능으로 이룩한 「이미지의 밀림」은 루소의 미술사의 한 페이지를 차지할 만한 당연한 업적임에 틀림없다. 마지막 출품작 300호 크기의 〈꿈·P. 30〉은 그의 예술적 정점으로 되고 있다.

밀림 속의 아름다운 여인은 꿈 속에서 피리 소리를 듣는다. 꽃 위의 달님은 초록의 숲속을 비추고 청아한 피리 소리에 야수와 뱀이 귀를 기울인다. 아마 루소도 이러한 선경(仙境)에서 잠들고 있으리라.